당신에게
하고 싶은 말이 있어요

호리카와 나미 글, 그림
박승희 옮김

당신에게 하고 싶은 말이 있어요.

당신은 우리가 처음 만났던 날의 일들을 기억하나요?

당신은 언제 내 생각을 하나요?

드라이브나 갔으면 좋겠다.

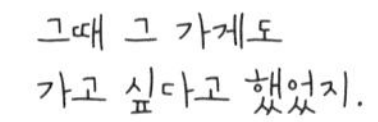

놀이동산도 괜찮아.

우리 이번 휴일엔 어디 갈까요?

저녁엔 뭐 먹고 싶어요?

오늘은 몇 시에 들어와요?

당신과 다른 곳에서
다른 일을 하고 있을 때에도
당신에게 하고 싶은 말,
당신에게 듣고 싶은 말이
자꾸자꾸 떠올라요.

내 마음속에 조그마한 당신이 있는 것만 같아요.

말로 전해 듣는 행복.
말로 전해 주는 행복.

맛있어?
정말 맛있어.

내가 당신에게 하고 싶은 말.

내 손길이 닿은 이 방도

전보다 훨씬 아늑해진 것 같지 않아요?

매일 깨끗이 청소하고 빨래하고

매일 맛있는 밥을 해먹으며

즐거운 시간을 보내고 있잖아요.

하나둘씩
우리가 함께 고른 물건들이 모여
우리만의 보금자리가 되어가는 게 기뻐요.

handmade

쉽게 만들 수 있어요! 인테리어 아이디어

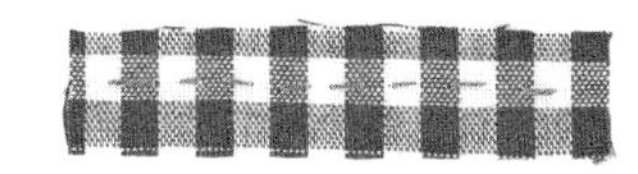

나무 행거

바닷가에서 주워 온 나무토막을
매달기만 하면 돼요.

짧은 나무토막은
부엌의 타월 걸이로!

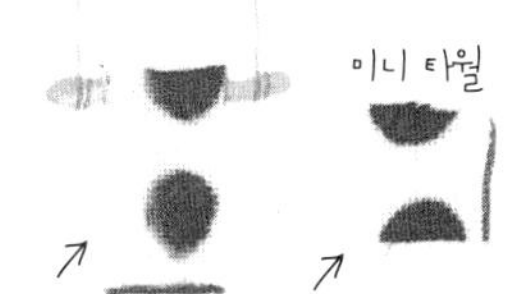

자투리 천을 돌돌 만 옷걸이

쓰다 남은 자투리 천들을 단단하게
옷걸이에 말아주면
알록달록 예쁜 옷걸이 완성!

타월 천으로 만든 수건과 가방

그냥 사용하기엔 불편해요.
타월 천에 부드러운 거즈 천을 덧대어
꿰매면 튼튼하고 귀여운 수건과
가방이 되지요.

나무 열쇠걸이

주워 온 나뭇가지에 가죽 끈을
매달고 작은 가지에 열쇠를 걸면 완성!

나뭇가지 모빌

공원에서 주워 온 나뭇가지들을 본드와 실로 붙
여서 모빌을 만들어 천장에 매달아요.

클로버 화분

산책하러 갔다가 뿌리째 뽑아 온 클로버를
유리그릇에 심었어요.
소담스럽고 앙증맞은 예쁜 화분이 되었답니다.

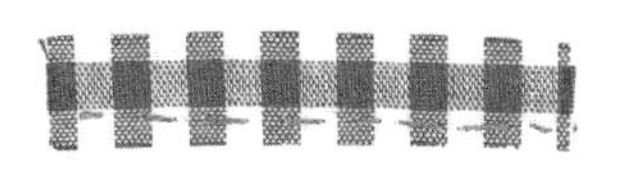

이게 다가 아니에요.
내가 당신에게 하고 싶은 이야기.

어릴 때 어떤 놀이를 하며 놀았나요?

작은 꼬마였던 당신을 만나보고 싶어요.
만일 우리가 어릴 때 만났어도
지금처럼 연인이 되었을까요?

나는 우리가
그때 그곳에서 운명처럼 만나서
지금 이렇게 둘이 된 거라고 생각해요.

말수가 적은 당신이 내게 해준
사소한 말들이 내게는 소중한 보물이에요.

예를 들면……

"괜찮아."

으악~
못 하겠어~
시간이 없어~
괜찮아.
나랑 같이 해보자.

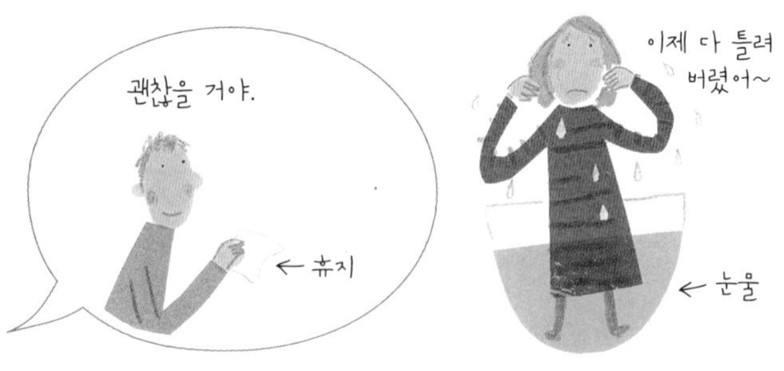

이제 다 틀려 버렸어~
← 눈물
괜찮을 거야.
← 휴지

씩~ 씩~
용서 안 해~
용서 안 해~
씩~ 씩~
괜찮아.
이제 그만 진정해.

"미안해."와 "고마워."

미안해.
악~
누가 깼어?
내가 좋아하는 접시

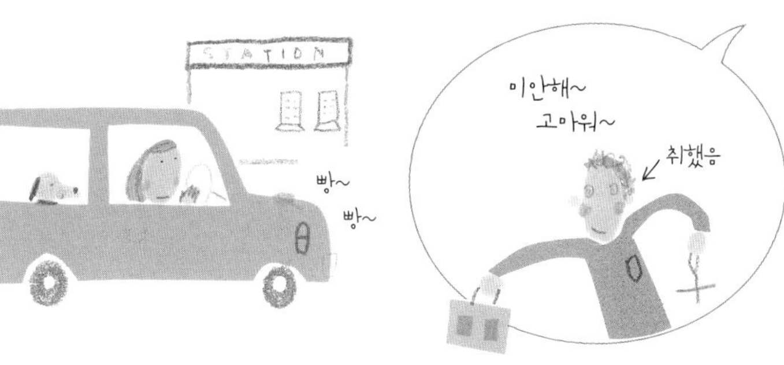
STATION
빵~
빵~
미안해~
고마워~
취했음

고마워.

"사랑해." 와 "귀여워."

어때?
50000
어울려?
귀여워.
근데 옷이 좀
큰 것 같다.

어?
지금 뭐라고 했어?
다시 말해줘~
사랑해.

z z z
귀여워 죽겠어.

당신이 건네는 사소한 말들은
내 마음을 평온하게 하고 따사로운 햇빛처럼 나를 감싸줘요.

말하지 않으면 모르는 진심 어린 마음.
말로는 다 전하지 못하는 커다란 마음.

rif ahs sjru itp qoejb sje wyro aki

내게는 둘 다 너무나 소중하답니다.

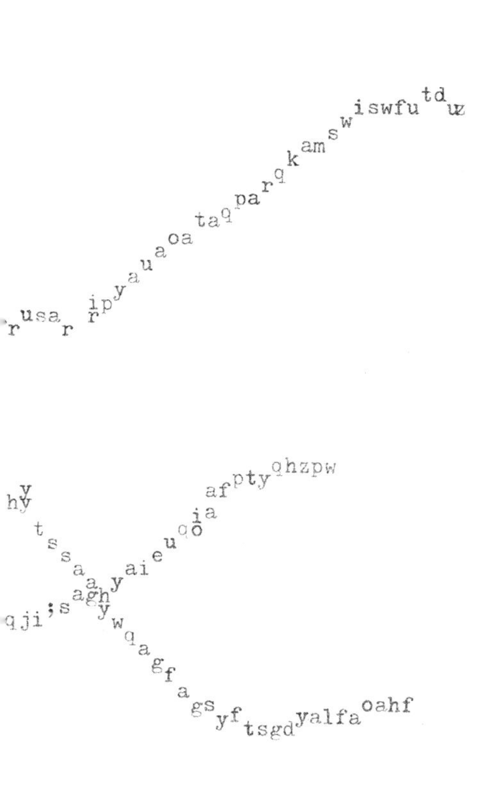

전하고 싶은 말은 언제나 하나뿐인데.

마음이 잘 보이지 않아서,
말로는 잘 표현할 수 없어서
속상한 마음에 토라지는 날도 있어요.

그럴 때마다 당신은 언제나 가장 중요한 걸 깨닫게 해주죠.

당신은 내게 큰 힘을 주고 나를 미소 짓게 한답니다.

나도 당신에게 그런 사람이고 싶어요.

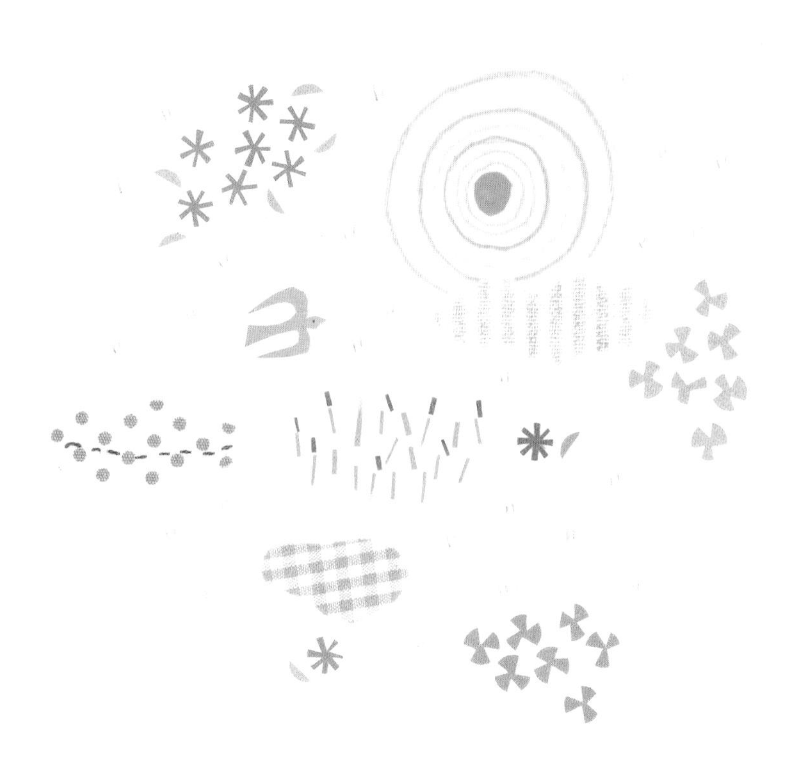

나에게 당신은 세상에 단 하나뿐인 사람.
당신에게 나는 세상에 단 하나뿐인 사람.

햇빛이 비추면 잔잔한 바다가 반짝반짝 빛나는 것처럼
우리도 서로를 비추고 있죠.

내가 당신에게 하고 싶은 이야기.
당신은 언제 우리가 함께여서 행복하다고 느끼나요?

난 우리가 함께 시간을 보내며 같은 일로 웃을 때.

둘이서 밥을 먹을 때.

현관문을 열면 불이 켜지면서 당신이 나를 맞아줄 때.

잠들기 전 침대에서 이야기를 나눌 때.

이런 일상의 작은 행복들이 내게는
가장 소중한 보물이에요.
모두 당신이 가르쳐준 것들이죠.

있는 그대로 내 모습을

사랑해주는 당신이 있어서 행복해요.

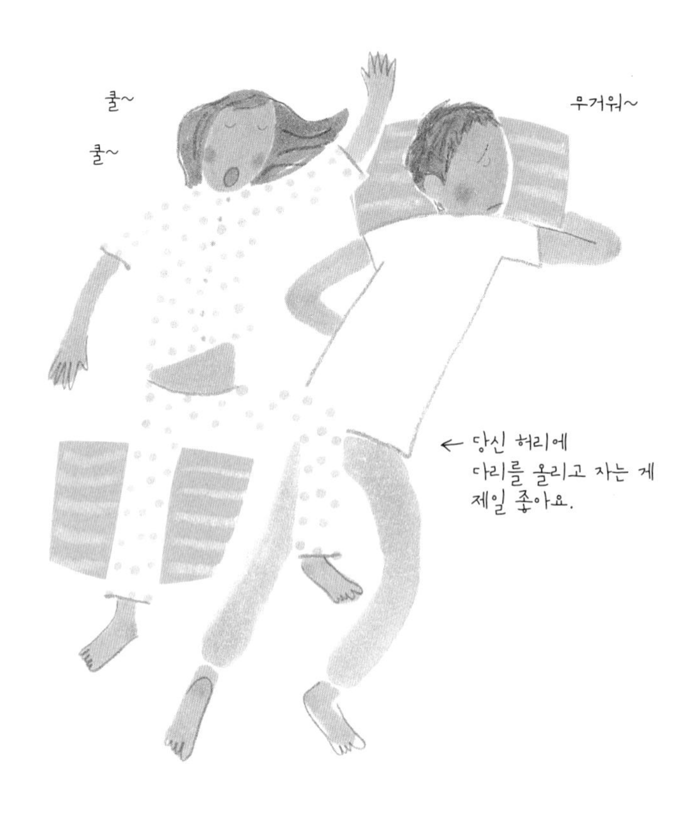

쿨~
쿨~
무거워~
← 당신 허리에
다리를 올리고 자는 게
제일 좋아요.

당신만 아는 내가 있다는 것도 기뻐요.

다른 사람에게는 보여주지 않는 당신만 아는 내 모습들

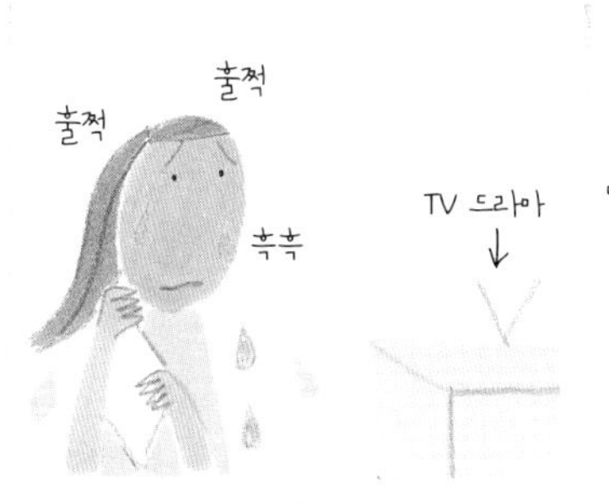

툭 하면 울음보를 터트리는 나

욕망에 충실한 나

아플 때는 고분고분
시키는 대로 잘 따르는 나

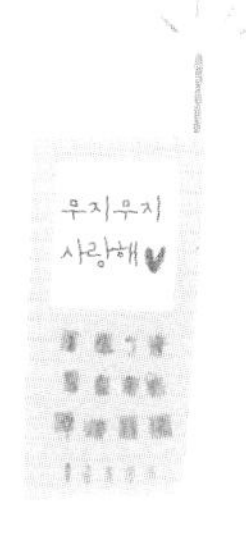

닭살 문자

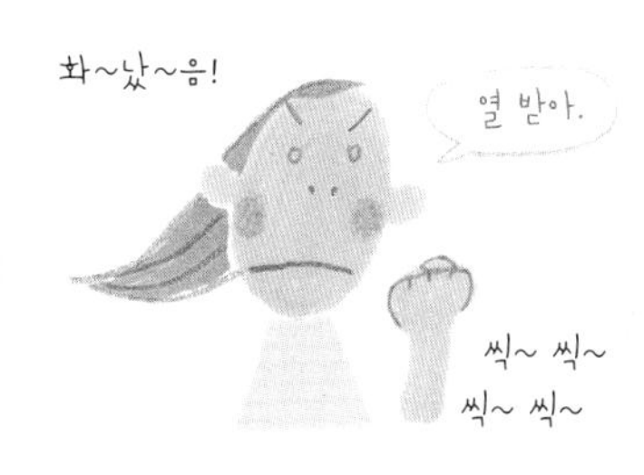

속마음을 그대로 얼굴에 드러내는 나

모든 게 제멋대로인 나

이런 당신 모습도 나만 알고 있죠.

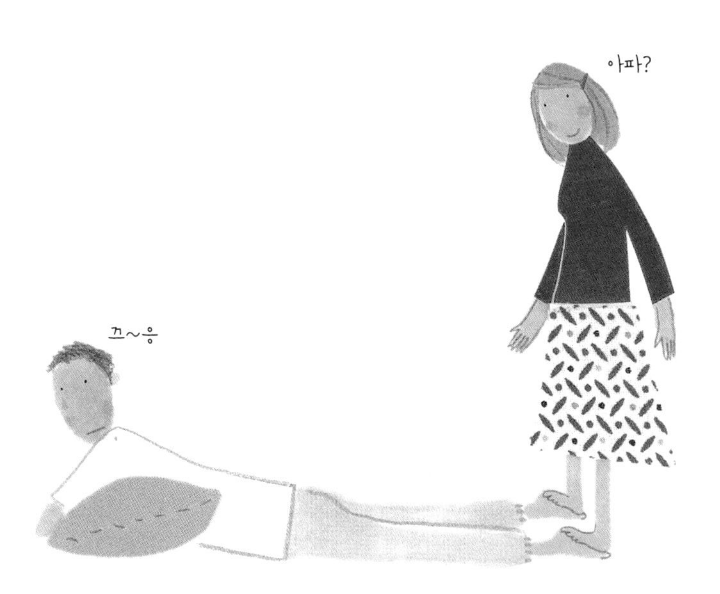
아파?
끄~응

당신과 늘 함께 있어도
매일매일 나는
당신에게 하고 싶은 이야기가 많답니다.

지난밤엔 무슨 꿈을 꾸었나요?

가보고 싶은 나라는 어디에요?

이 구름은 언제 생겨났을까요? 또 언제 사라질까요?

이렇게 궁금한 게 많은 건
내가 당신을 너무 좋아하기 때문일까요?

배고프다.
그치?

몇 번을 말해도 모자라요.
몇 번을 들어도 모자라요.
나를 행복하게 해주는 말들.

아~ 뜨거워!
← 고로케

마지막으로
당신에게 하고 싶은 이야기.

날 사랑하나요?

까~

고마워요.

많이 부족한 나지만

앞으로도 잘 부탁해요.

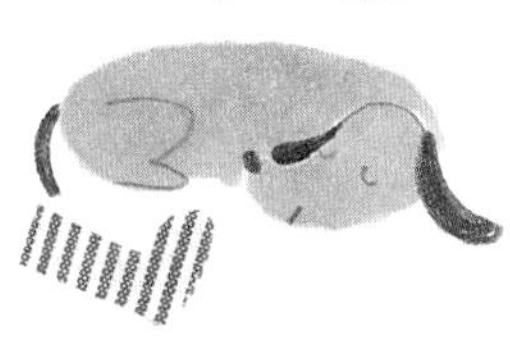

Love Love Q&A

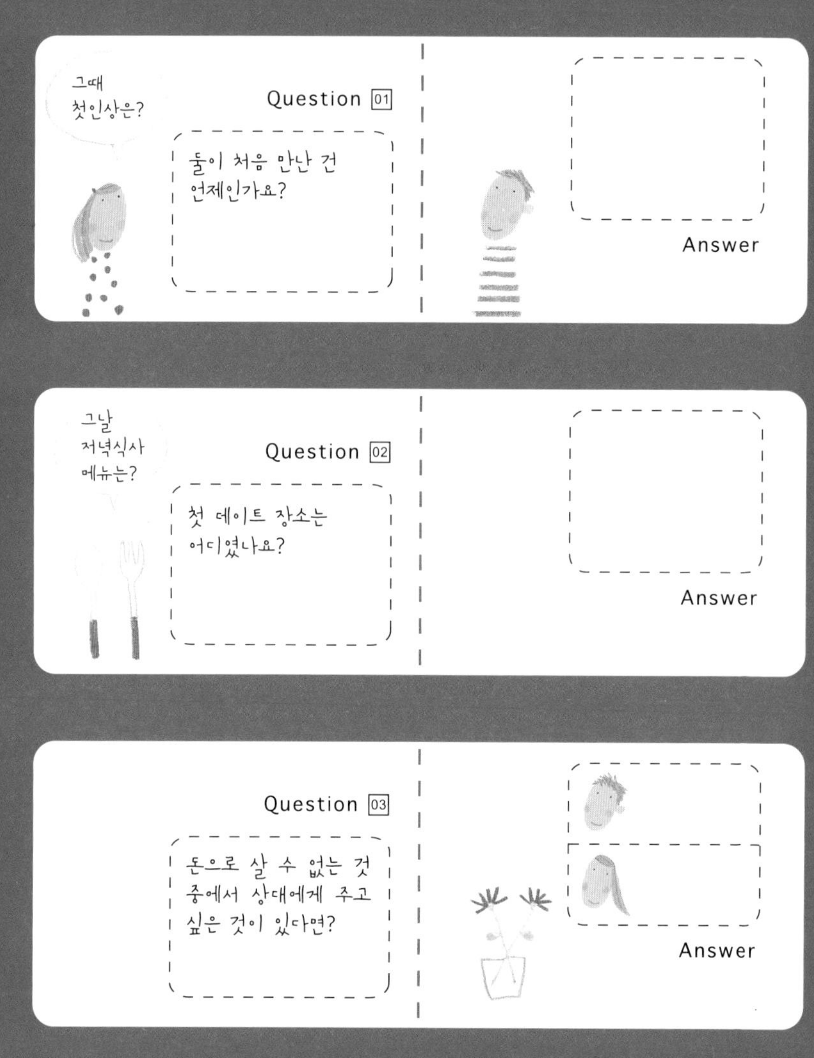
그때
첫인상은?
Question 01
둘이 처음 만난 건
언제인가요?
Answer
그날
저녁식사
메뉴는?
Question 02
첫 데이트 장소는
어디였나요?
Answer
Question 03
돈으로 살 수 없는 것
중에서 상대에게 주고
싶은 것이 있다면?
Answer

"두 사람 사이를 달콤하게 만드는
6가지 질문. 연인과 함께 해보세요!"

Question 04

둘 중 누가 더 커피를 맛있게 만드나요?

Answer

Question 05

지금까지 들었던 말 중 가장 기뻤던 말은?

Answer

Question 06

10년 후의 두 사람은 어떤 모습일까요?

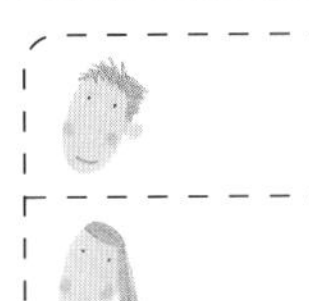

Answer

당신에게 하고 싶은 말이 있어요

글·그림 호리카와 나미 **옮긴이** 박승희
펴낸이 김종길 **펴낸 곳** 인디고
책임편집 이은지 **디자인** 한지혜
편집부 박성연 · 이은지 · 이경숙 · 김진희 · 임경단 · 김보라 · 안아람 **디자인부** 정현주 · 박경은 · 손지원
마케팅부 박용철 · 임우열 **관리부** 박은영 **홍보부** 윤수연
출판 등록 제7-312호 **주소** (121-840) 서울시 마포구 양화로 12길 8-6(서교동) 대륭빌딩 4층
전화 (02)998-7030 **팩스** (02)998-7924 **이메일** bookmaster@geuldam.com
페이스북 www.facebook.com/geuldam4u **블로그** http://blog.naver.com/geuldam4u

초판 1쇄 인쇄 2011년 6월 15일 **초판 8쇄 발행** 2017년 12월 25일 **정가** 8,800원
ISBN 978-89-92632-36-2 03830

「이 도서의 국립중앙도서관 출판시도서목록(CIP)은 e-CIP홈페이지(http://www.nl.go.kr/ecip)와
국가자료공동목록시스템(http://www.nl.go.kr/kolisnet)에서 이용하실 수 있습니다.(CIP제어번호: CIP2011002274)」